南粤清风小丛书

# 廉洁风雅

## 诗词歌赋卷

南粤清风小丛书编委会 编著

南方日报出版社
NANFANG DAILY PRESS
中国·广州

图书在版编目（CIP）数据

廉洁风雅 ： 诗词歌赋卷 / 南粤清风小丛书编委会编著. -- 广州 ： 南方日报出版社, 2025.5. -- (南粤清风小丛书). -- ISBN 978-7-5491-2943-0

Ⅰ. I22

中国国家版本馆CIP数据核字第20241FM258号

LIANJIE FENGYA

# 廉洁风雅：诗词歌赋卷

编　　著：南粤清风小丛书编委会
出版发行：南方日报出版社
地　　址：广州市广州大道中 289 号
出 版 人：周山丹
策划统筹：阮清钰
责任编辑：严文玮
装帧设计：肖晓文
责任校对：阮昌汉　符文达
责任技编：王　兰
经　　销：全国新华书店
印　　刷：广州市岭美文化科技有限公司
成品尺寸：120mm×200mm
印　　张：3
字　　数：48 千字
版　　次：2025 年 5 月第 1 版
印　　次：2025 年 5 月第 1 次印刷
定　　价：16.00 元

投稿热线：（020）87360640　读者热线：（020）87363865

总序

# 天地有正气　南粤拂清风

加强新时代廉洁文化建设是打赢反腐败斗争攻坚战持久战，一体推进“三不腐”的基础工程。2024年年初在广州召开的十三届省纪委三次全会，提出要推动新时代廉洁文化建设出新出彩，建设清廉广东。

习近平总书记指出：“研究我国反腐倡廉历史，了解我国古代廉政文化，考察我国历史上反腐倡廉的成败得失，可以给人以深刻启迪，有利于我们运用历史智慧推进反腐倡廉建设。”新时代廉洁文化建设，清廉广东建设，需要汲取中华优秀传统文化中的廉洁思想营养，尤其是古代廉政文化。

以广东为发祥地和中心地的岭南文化，是中华优秀传统文化的重要组成部分，蕴藏着丰富多彩的廉洁文化基因，培育了一大批生长于斯、尚廉行洁的优秀先贤廉士，其中有持身养正的廉官，也有一心为民的公仆；有勤政务实的能吏，也有谨严治事的严官；有正大刚方的直臣，也有世传清白的家族，等等。

近年来，我社与广东省纪委监委、省委宣传部、省文明办等共同编撰出版了《南粤清风——广东古代清官故事》《廉润南粤》《勤廉风范》以及“岭南好风尚”丛书、“我们的价值观十二讲丛书”等一批倡廉文化图书，涵养新时代共产党人的从政品德和良好家风。

基于上述图书编写经验积累和创新表达探索，我们策划了这套“南粤清风小丛书”，其宗旨与前述作品始终一以贯之，即在于挖掘南粤大地的廉洁文化基因，并加以创造性转化和创新性发展，为清廉广东建设提供助力。

“南粤清风小丛书”一套5种，分别为《廉洁风土：山川胜迹卷》《廉洁风物：物华特产卷》《廉洁风规：家训官箴卷》《廉洁风雅：诗词歌赋卷》《廉洁风度：南粤先贤卷》，旨在通过与廉洁文化相关的地理、物产、训箴、诗歌、先贤故事等展现南粤大地源远流长、丰富绚烂的廉洁文化，打造新时期廉洁文化普及性便携读本。

顾名思义，本套丛书的题眼是“风”。这“风”的意象来自《论语》中的“君子之德风”，风行草必偃。正所谓天地有正气，南粤拂清风。我们冀望廉洁文化的清风吹拂岭南大地，俾使广大党员干部厚植廉洁风土，滋养廉洁风物，秉持廉洁风规，浸润廉洁风雅，涵养廉洁风度，推动培植岭南政治生态的青山绿水。

总而言之，本套丛书主要有三个特点：

首先，立足于“粤”，注重地方性与普遍性的相融。丛书案例的第一标准即是凸显广东特色。这里所选的清官廉吏、地理特产、训箴诗词等，都与广东密切相关，将其辑录成册，可作为全省各地市的地方文化读物，进学校、进祠堂、进书院、进新时代文明实践中心等。同时又不拘泥于必须发生于粤地或必定是粤人，而是延展其普遍性和经典性原则，如《陋室铭》《爱莲说》等诗文并不创作于广东，但因其作者与广东的密切关系，且对广东有着深厚的影响，我们也将其纳入《廉洁风雅》中加以赏析。

其次，主题在“清”，兼顾教育性与趣味性的结合。本丛书侧重点就是清风、廉洁，梳理广东近代以前的清官英贤以及近现代革命英烈等，题材严肃庄重，其编写必须甄别真实性，注重教育意义和现实影响。但与此同时，我们力避其枯燥性和说教味，在编写中通过不同的题材组装和编辑手段，从地理、风物、训箴、诗词、人物等不同面向来包装和讲述，不断增强亲和力、吸引力、感染力，使其具有不一样的阅读感和贴近性。

最后，形式落“小”，达到故事性与知识性的统一。丛书不求厚重、不求详尽，而是注重小而美，小而易读，小而有趣，小而有知，内容轻松易读，形式典雅便携。5种图书虽从不同面向进行架构，但其讲述形式则是一致的，也就是以讲故事的方式进行，讲好广东的清官故事，增强其可读性，融入知识性。书中通过相关栏目设置链接了不少文化、历史、地理、科普常识等，使之内容具有更为丰富的表达，以此达到润心化人的作用。

“以铜为镜，可以正衣冠；以古为镜，可以知兴替；以人为镜，可以明得失。”本书既可供广大党员干部作为廉洁从政、修身立德的党政文化读物，也可作为广大青少年了解乡土、学习先贤的特色地方读本。

本丛书的编写和出版得到了省委宣传部、驻省委宣传部纪检监察组的指导和支持，被列入2024年省直宣传系统加强新时代廉洁文化建设工作任务清单的“主题图书出版”项目，在此致以衷心的感谢！

本书编委会

2024年12月

# 目录

## 壹　咏物言志



## 贰　即景明心

## 叁　言正行廉





## 肆　训廉示亲

# 壹

## 咏物言志

# 榕

东汉·杨孚

榕树栖栖[①]，长与少殊。
高出林表，广荫原丘。
孰知初生，葛藟[②]之俦[③]。

字词释义：

①栖栖：冷落孤寂的样子。

②葛藟：藤类蔓生植物。“藟”或作“蘲”，意为藤。

③俦：同类。

## 廉诗味道

《太平御览》记载，这首《榕》是目前所知的岭南最早的诗歌之一，收录在杨孚的《南裔异物志》（又称《异物志》）中。该诗围绕“榕”展开，将榕树的“长”与“少”进行对比——成熟的榕树能够以自身的力量荫蔽一片原丘，而看到大榕树的人们，又怎么会知道它小时候就像瘦弱的藤蔓那样，无法自立亦无所依存，只身孤影又寂寞失群呢？短短六句，二十四字，铿锵有力，掷地有声。

中国自古有“诗言志”的传统，这首《榕》也不例外。本诗作者杨孚，是东汉南海郡番禺县（今广州市）人，被誉为“岭南最古学人”，官至议郎，向来以直言敢谏、清正廉明著称。从这首诗里，我们或可一窥他的心之所向。榕树早已成为中华几千年文脉中的一个精神符号，浩浩荡荡的历史长河中时常回荡着榕的颂歌。比杨孚晚千年的

位于广州市新港路下渡村东约一巷内的杨孚井，至今清泉如故

宋人薛季宣书写的这段文字无疑为《榕》的最佳注脚："斯榕木则不然，承天之施，得生于地，不假乎人，不离乎类。不以直节为高，不以孤生为异。凌寒而不改其操，连理而不称其瑞。"（《大榕赋》）他们所珍重的榕的品质大抵如此——不卑不亢地破土，不屈不挠地扎根，不骄不躁地把枝叶伸到更远方，不偏不倚地荫护树冠之能及的每一寸土地，再不声不响地把清风送至四方，净化风之所及的每一处人间。

"高出林表，广荫原丘"的，不仅仅是榕树，更是杨孚，亦是以杨孚为代表的清廉好官。杨孚的写作行动本身就是廉洁的宣言。《百越先贤志》记载，杨孚写作《南裔异物志》，是由于到岭南考察的官员们"竞事珍献"，将各种北方少见的"罗浮玳瑁"带回京城笼络、贿赂京官，导致朝堂一片乌烟瘴气。因此杨孚将岭南的寻常之物一一列举，结集为《南裔异物志》，略带讽刺地表示：你们所谓的奇珍异宝，不过是岭南随处可见的花草树木罢了。而榕，恰好作为岭南异物之一被杨孚大加礼赞。自此，行贿之风被廉洁之风取代，当时的人甚至认为他是神明下凡。

杨孚正如他笔下的榕树，清明廉正，厚德载物，连天地都为之动容。辞官归乡后，他将洛阳的松柏种在了广州住宅前。岭南地区几乎不见雪，而那年冬天，他的松柏树上落满了白雪。这场纷纷扬扬的大雪过后，天地清白一色。风声雪声折枝声，是献给他的廉洁赞歌。

### 寻迹访古

## 杨孚井

杨孚井，位于广州市新港路下渡村东约一巷，相传为东汉时期杨孚所筑。杨孚晚年从河南辞官回乡居住，并在此用红色岩石开凿了一口水井。其住宅被称为“杨子宅”，后人为纪念他又修建了杨子祠，不过如今杨子宅、杨子祠均不存，唯留一口杨孚井，至今井水依旧清澈。2002年7月，杨孚井被列入广州市文物保护单位。

# 感遇十二首（其七）

唐·张九龄

江南有丹橘，经冬犹绿林。
岂伊[1]地气暖，自有岁寒[2]心。
可以荐[3]嘉客，奈何阻重深。
运命唯所遇，循环不可寻。
徒言树桃李，此木岂无阴。

**字词释义：**

①伊：语气助词。

②岁寒：孔子有“岁寒而后知松柏之后凋也”语，后人常以此比喻坚贞节操。

③荐：进献。

## 廉诗味道

开元二十五年（737），唐玄宗被李林甫谗言所惑，以“举非其人”之由，将张九龄由尚书丞相贬为荆州大都督府长史。此时张九龄已年逾六旬，遭此厄运，心中不免忧愤，感慨万千。他在荆州写下诸多诗作，其中，组诗《感遇十二首》托物言志，寄托理想，彰显操守，是他五言古诗的代表作。此诗为《感遇十二首》的第七首。

橘是南方地区盛产的佳果，也是古诗词中常见的题材，屈原早年写下的《橘颂》可谓咏橘经典，赞美了橘树“苏世独立，横而不流”的品格。张九龄也是以橘喻人，表明自己的心志。诗中描写橘树四季常青、经冬不凋的外形特点，不仅是为了指出它和松柏一样耐寒傲冬的品性，更是诗人自己坚贞不屈、高洁清正的精神写照。而橘树的果实本是献

张九龄雕塑

给客人的佳品，却因山重水阻难以送达嘉客手中，汉代有诗云："委身玉盘中，历年冀见食。芳菲不相投，青黄忽改色。"诗人不禁感叹：命运的好坏只是因为遭遇的不同，因果循环奥秘难寻，人们总是夸赞桃李，而橘树一年四季绿叶成荫，哪里不及桃树李树呢？这是为橘树鸣不平，也是在为天下贤能之士鸣不平，暗含了诗人对昏暗朝政的愤懑和对国家前途命运的忧虑。

张九龄生于韶州（今韶关市），是岭南地区第一位经由科举登相位之人，被公认为"开元贤相"。他的一生也正如他笔下的橘树，不畏环境寒凉，守志不移。面对朝廷重臣，他敢于直言，公私分明：早年间刚在朝中崭露头角，他便上书首席宰相姚崇，直陈其因徇私情致使用人失当，提醒他应"远谄躁，进纯厚"；对他有知遇之恩的张说寻机为亲信加官赐爵，他得知后极力劝阻，阐说官爵为"天下公器"，不可作犒劳旧部、拉拢人心之私用。身居宰辅之位，他秉公职守，犯颜直谏：玄宗生日，他不随其他朝臣进献奇珍异宝，却搜集前世治乱兴替的历史教训，编成一部《千秋金镜录》作为献礼，委婉劝谏玄宗居安思危，整顿朝纲；玄宗欲起用李林甫为相，他坚决反对，直言"林甫非社稷之臣也，陛下若相甫，恐异日为社稷忧矣"。

虽因频频“忤旨”引得玄宗不满，终被外放，然张九龄坚持不改其志，不与奸佞同流合污。《资治通鉴》评价他“尚直”，说的就是这种刚正不阿、清正廉洁的品格。

开元二十八年（740），张九龄由荆州回乡扫墓，后病逝于曲江家中。此后，每当有人推荐人才，唐玄宗总要问一句：“风度得如九龄否？”

## 寻迹访古

### 张九龄故居

张九龄故居位于韶关市始兴县隘子镇湖湾村石头塘，始建于唐上元二年（675），是张九龄的父亲张宏愈迁始兴隘子石头塘村时所建。故居内设宗祠，有张宏愈、张九龄父子牌位。2013年10月张九龄故居祠堂重修竣工，重修后的张九龄故居宗祠被命名为“岭南张氏第一祠——广东始兴张氏宗祠”。

# 爱莲说

宋·周敦颐

水陆草木之花，可爱者甚蕃[①]。晋陶渊明独爱菊。自李唐来，世人甚爱牡丹。予独爱莲之出淤泥而不染，濯清涟而不妖，中通外直，不蔓不枝，香远益[②]清，亭亭净植，可远观而不可亵玩焉。

予谓菊，花之隐逸者也；牡丹，花之富贵者也；莲，花之君子者也。噫[③]！菊之爱，陶后鲜有闻。莲之爱，同予者何人？牡丹之爱，宜乎众矣。

字词释义：

①蕃：多。

②益：更加。

③噫：叹词，表示感慨。

## 廉诗味道

嘉祐八年（1063）五月，四十七岁的周敦颐在虔州雩都（今赣州市于都县）的罗田岩刻下了《爱莲说》。这篇文章影响极大，直到今天，它仍作为中学语文教材中的课文在学生口中传诵。《爱莲说》是一篇简短凝练的论说文，却如诗一般优美，朗朗上口。文章分为两个部分。第一部分在表明自己“独爱莲”后将笔墨聚焦于对莲的描写。在濂溪先生周敦颐的笔下，莲是“出淤泥而不染”的象征，美而不妖艳，挺拔且不生枝节，香气愈远愈清，只能远远观赏而不可近身玩弄。第二部分则明确将花比人：菊是花中隐者，牡丹是花中富贵者，而莲是花之君子。文章中时时有花与人的对应——陶渊明与菊、李唐时人与牡丹、“予”与莲——至此，作者心里那个坚定而明晰的声音浮现在文本中：我要洁身自好、廉明正直，成为莲花般的君

周敦颐留下的“廉泉之源”石刻

子。但最后，作者却以一声长叹作结：这世上太多庸庸碌碌、追名逐利之人，如菊般高逸者已是极少，又有谁和我一样愿意在淤泥中坚守高洁呢？这一问，透露出孤掌难鸣的悲怆与高处不胜寒的寂寥，却又为文章注入钻石般的气质，闪耀的、晶莹的，同时也是不可动摇的——世道黑暗又何妨，我自独爱我的坚守。

人如其文，周敦颐用一生践行着莲的品质。在岭南为宦时，他“以洗冤泽物为己任。行部不惮劳苦，虽瘴疠险远，亦缓视徐按”，足迹遍及广东各处，政绩卓著，清而有为。任广南东路提点刑狱公事期间，他了解到端州知州私藏端砚后奏请朝廷颁布禁令，减轻了百姓所受的剥削之苦。在岭南之外，他亦留下了许多动人的故事。庆历四年（1044），他为一个本不应被处死的囚犯与上司王逵据理力争，直言“杀人以媚人，吾不为也”，制止了一场冤案的发生；担任桂阳县令时遇上瘟疫大流行，他遍访良医、制备良药，救活无数百姓；在南昌任职时，他曾患重病，友人帮忙清点他的物品，却发现他仅有一些书籍、几件衣物和几十文钱，清贫若此，“人莫不叹服”……类似的事迹不胜枚举。为官三十余年，他真正做到了“出淤泥而不染”。千载过后，我们仍看到，在历史的滚滚尘埃里，亭亭竖立着一朵无瑕的莲花，散发着永恒的清香。

廉泉汩汩，濂溪潺潺。先生之风，山高水长。

## 寻迹访古

### “廉泉之源”摩崖石刻

“廉泉之源”摩崖石刻位于连州市巾峰山麓的廉泉公园内，为周敦颐题写。周敦颐在广东任职期间曾多次巡视连州，一次游巾峰山时，在清泉一旁的石崖上写下“廉泉之源”四字，并让工匠将字刻入石中。1981年，连县（今连州）人民政府公布其为文物保护单位。2002年7月，列入第四批广东省文物保护单位。

# 赋得竹亭

明・方献夫

古称此君子，直节多清风。
更有岁寒心，将与松柏同。
君子不可少，世情良恶逢。
况有桃李华，依依竞春容。
小人本易进，君子道固穷。
雅好自天性，深交若神通。
日夕对君子，萧然坐亭中。
君子不可违，宦辙随西东。
亭移竹不改，晚节能有终。
湖江流泽远，瓯越[①]纳春融。
善政在人心，谁知君子功。
至德本难言，山歌讵能[②]工。
歌罢魂孤飞，可爱[③]不可从。

## 字词释义：

①瓯越：指东瓯国，位于浙江省南部。

②讵能：岂能，怎么能。

③爱：怜惜。

## ◆ 廉诗味道 ◆

这首诗出自明朝大学士方献夫之手。方献夫，广东南海（今佛山市南海区）人，明朝中期重臣，被尊称为“方阁老”。这首诗与其人生互相辉映，让我们得以穿越纷纭的舆论旋涡，更切近地触摸到诗人的内心。

在中国的文学传统里，竹是君子的象征。自《诗经》始，竹便与君子有了联系。南朝诗人谢朓赋予了竹以坚贞不屈的人格：“但能凌白雪，贞

南昆山竹海

心荫曲池。”（《秋竹曲》）自古以来咏竹名篇不少，郑燮《竹石》便是经典之作。王国维亦曾详述竹的人格：“竹之为物，草木中之有特操者与？群居而不倚，虞中而从节，可折而不可曲，凌寒暑而不渝其色。”（《此君轩记》）竹的品质大抵如此，朋而不党，宁折不屈，不贪恋优渥的外部环境，无论境遇如何始终不改清贞本色。

《赋得竹亭》开篇以“竹”比“君子”，赞颂它的清白正直，认为竹亦拥有松柏“岁寒不凋”的气节。至此，作者的理想自我画像已大致明晰：如竹般清廉高洁、坚韧无畏。或许，这亦是对他一生的提炼。为官数十年，方献夫从未被权力蒙蔽。他曾帮助皇上取得大礼议事件的胜利，忠君之心昭然可见。纵使仕途一片明朗，他依旧坚定地想离开官场，多次上书请求退休，丝毫不贪恋权钱。而官场外的方献夫，更是“湖江流泽远，瓯越纳春融”。他就像那流泽深广的湖江，灌溉出岭南理学的春天。他重视家风的传承，大力宣扬祖辈读书立家的事迹，延续了祖上崇尚读书、清廉有德的家风。他曾归隐西樵山，创建石泉书院，在书院讲学多年，刮起一阵求学之风，培养了大量人才。观其一生，他已然活成一片竹林，青葱葳蕤，笔直而生。

无论世情良恶，方献夫始终不改竹一般的人

格，宁愿在君子固穷之道踽踽独行，也不愿踏上看似平坦的小人之路。不过，人们对他的评价众说纷纭：王士祯认为他在大礼议中的表现“志在逢迎”，唐胄说他是“力正大伦”的忠臣，同朝官员湛若水说他是“节之过人远矣”的君子。或许，这首诗能回应这种现象：“善政在人心，谁知君子功。至德本难言，山歌讵能工。”君子的功绩无须言语的证明，人心自会知晓；最好的德行本就无法言说，山歌又怎能将其一一传唱？山歌也罢，世人的评价也罢，终究只浮于表面。而在纷纷扰扰的舆论尘埃之下，是如竹的清廉，如竹的正直，如竹的坚贞。

## 寻迹访古

### 西樵山石泉书院

西樵山石泉书院，位于佛山市南海区西樵山中，内有御书楼、天湖亭、沛然堂等，与云谷、大科、四峰书院并称“明代西樵四大书院”。书院由明朝大学士方献夫创建，在方献夫去世后不久即衰落，虽曾重修，但在明清易代之际已荡然无存。2017年，为纪念西樵理学名山500周年，西樵山风景区在书院原址重建了书院山门，供人缅怀追思。

# 手植朱子祠梅花

清·陈瑸

赏遍花丛爱老梅，贤祠左右手新栽。
写真旧有广平赋，入妙谁如和靖才[①]。
风送清香迷瀚海[②]，月移孤影度澄台。
应知雨露春来厚，独向元正傲雪开。

字词释义：

①广平赋、和靖才：唐朝中期政治家、文学家宋璟（因封广平郡公而被称为“宋广平”）曾作《梅花赋》，受到高度评价；北宋诗人林逋（谥号“和靖先生”，世称“林和靖”）以“梅妻鹤子”闻名，擅长写梅，有“疏影横斜水清浅，暗香浮动月黄昏”之咏梅名句流传。“广平”“和靖”在诗文中常对仗使用。

②瀚海：大沙漠。

## 廉诗味道

“岭南三大清官”之一陈瑸出生于广东雷州，

康熙年间曾三赴台湾，在当地兴学广教。《台湾通史》记载，陈瑸“始建万寿宫，并修文庙明伦堂、朱子祠，设十六斋以教诸生”，为台湾地区的文教作出了卓越贡献。修完朱子祠后，他在祠堂边亲手栽下梅花，并赋七律一首，以表心志。

如果说周敦颐在万花丛中唯爱莲一朵，那么陈瑸独爱的是“独向元正傲雪开”的梅。明知春天的雨露远比冬日滋润，它却偏要在岁寒之际与霜雪一较高下。正是这样的气节，让陈瑸对梅有着独一份的喜爱，纵使宋璟和林逋的咏梅诗文珠玉在前，他

雷州清端园中的陈瑸塑像

也忍不住写下属于自己的颂梅之音。在他的笔下，梅之芳香可以随着风让茫茫大漠痴迷，而月光能带着梅花的清影越过望海的高台，一切都显得高洁而澄明。他所爱的，不仅是梅无畏霜雪的气骨，亦是其冰清玉洁的品格。

诗是心里的声音，诗中的梅如此，乃陈瑸之心如此。二十四年官宦生涯，他从不愧于“廉能为最”之美誉。康熙三十九年（1700），他担任福州府古田知县，开启了他的清官之路。古田环境恶劣，他毫不抱怨，而是用一颗清正爱民之心举行考试、淘汰污吏以扫弊政，甄别豪族土地、清查钱粮案件以惩治不法之徒、减除百姓徭役，实实在在地为老百姓办了许多实事，村民们“欢呼攀辕，顶香迎接”。此后，他还担任过台湾知县、台厦道、四川提督学政、湖南巡抚、福建巡抚等职，均以廉能著称。台湾当时有贪官与外人勾结，将粮食运往内地贩卖并从中牟取暴利，陈瑸将其悉数整治，贪赃枉法、鱼肉百姓的现象日益减少。在台厦道任上，他把三万两应得银全用于办学、修缮军事设施等公共事务，自己则分毫未取。临终前，他将一万三千余两俸禄皆充为兵费。甚至在其逝后，护送灵柩归粤的长子亦悉数拒绝了百姓的馈赠，清廉若此。陈瑸何尝不知春日的雨露有多甘甜？而他只心甘情愿地在荒芜的天地间傲雪凌霜，在万物凋零的时节捧出最馥郁的清香。

“贪不在多，一二非分钱，便如千百万。”陈瑸常把这句话挂在嘴边。无须广平赋、和靖才，陈瑸的人生自是独一无二的梅花诗，独向元正傲雪开。

## 寻迹访古

### 雷州清端园

雷州清端园，是明清时期“岭南三大清官”之一陈瑸的纪念园，位于雷州市附城镇南田村，由陈瑸纪念馆、陈瑸诗廊、陈瑸故居等组成。该纪念园于2006年落成，是湛江市重要的廉政教育基地和对台交流基地，采用传统与现代科技融合的形式，多元化地呈现陈瑸的清廉事迹与爱国情怀。

# 贰

# 即景明心

# 酌贪泉

东晋·吴隐之

古人云此水，一歃[①]怀千金。

试使夷齐[②]饮，终当不易心。

**字词释义：**

①歃：用嘴吸。

②夷齐：伯夷、叔齐，商末孤竹君的两个儿子，武王灭纣后不食周粟，最终饿死在首阳山。后成为高洁之士的典型。

## 廉诗味道

相传在广州城外二十里的石门有一口“贪泉”，喝了它的人无论清廉与否都会变贪。这首诗看似写泉，实则暗写彼时广州官场的常态，并提出伯夷、叔齐这样的人不会因饮了贪泉水而改变自己的节操。贪与不贪，不在水，而在心。

魏晋时期，广州“多瘴疫”，官员们都害怕去那里，与此同时广州又有“包带山海，珍异所出，一箧之宝，可资数世”之说，因此，愿意去广州任职的官员往往想通过贪污等手段牟取经济利益。广州府就像贪泉，渴了的人前去舀水而饮，尝到甜头后便一发不可收拾，贪赃成瘾。晋安帝希望革除岭南这一弊病，便派遣操守清廉的吴隐之前往担任刺史。吴隐之赴任途中曾路过贪泉，挹泉而饮，并写下了这首诗。“试使夷齐饮”永远只能是一个假设，在这层假设之下，是吴隐之亲自“酌而饮之”这一事实。因此，诗中的伯夷、叔齐实是作者自身的投射，他立志要成为伯夷、叔齐这样的高洁之士。

位于广州市白云区石井镇的贪泉遗址

历史亦足以证明，吴隐之实现了他诗中立下的志向。《晋书》记载，他在广州任职期间从未改变简朴清廉的生活作风。他每天所吃的不过是普通的蔬菜和一些鱼干，还把州府供给他的帷帐、器物等悉数交与外库，自己分毫不取。多年来，他以身作则，力惩贪官、严禁贿赂，岭南官风焕然一新。离任时，吴隐之的行李与初来并无二致，依旧只有简单的行装，独独妻子所买的沉香并非原来的物件。吴隐之觉其来路不明，便掷入水中。投香之处后来被称为“沉香浦”。返乡后，他家中仅有茅屋六间，并以篱笆作为院落的围墙。虽然清贫，但他拒绝了刘裕的嘉赏。此后数次升官，他始终克己奉公，除温饱必需的钱财外，俸禄悉数“分振亲族”，纵使自己陷入“困绝”也不改其行。无论外界如何变化，他都做到了“终当不易心”。

唐人白居易诗言“尚书清白临南海，虽饮贪泉心不回”（《广府胡尚书频寄诗，因答绝句》），明人尹凤岐有诗道“珍重平生清节在，不妨引满酌贪泉”（《送兄广东参政应奎》）。吴隐之与贪泉的故事早已成为一段佳话，在后来人口中被不断传颂，如泉水般汩汩流淌，润泽千古。

◆ 寻迹访古 ◆

## 贪泉碑

贪泉碑，原位于广州西北郊石门（现属广州市白云区石井镇），立于明万历二十二年（1594），1963年被移至广州博物馆碑廊，现原址处的贪泉碑为1964年制作的复件。该碑高约2.3米，宽0.8米，刻有“贪泉”两个大字、吴隐之《酌贪泉》全诗以及落款“万历二十二年四月吉日　郡人右布政使李凤等立”，是我国目前已发现的年代最早、体量最大的拒腐碑，有“中国拒腐第一碑”之美誉。2015年，该碑被列入广州市文物保护单位。

# 三枫亭饮水赋诗

南朝·范云

三枫何习习，五渡[1]何悠悠。

且饮修仁水，不挹[2]阶邪[3]流。

**字词释义：**

①三枫、五渡：指三枫亭、五渡水（一说三枫、五渡都是村名），在今广东省韶关市境内。《太平寰宇记》卷一百六十《岭南道四》："修仁水，源出始兴县东北东桥山，西面入鲢水。此水北有三枫亭，又有五渡水。"

②挹：舀。

③阶邪：或作"邪阶""斜阶"，即邪阶水，亦作斜阶水，在今广东省始兴县境内。《水经注疏》第三十八卷杨守敬疏："'……不挹阶邪流。'阶邪，邪阶通称。"《元和郡县志》卷三十四《岭南道一》："邪阶水，今名阶水，出（始兴）县东百三十里。"

## ◆ 廉诗味道 ◆

南齐时期著名的文人范云一度至岭南为官，担任始兴太守一职。一天他泛舟浈江时，有感于途中所遇到的“修仁”“阶邪”两个地名而赋此诗。而今一千多年过去，诗人早已仙逝，这首诗却时时提醒着我们，曾经有这样一个人，清风两袖地站在这里，吟唱永恒。

一叶小舟在浈江上安然地漂浮着。吹着和煦的微风，望着悠悠的江水，面对着修仁水、阶邪水这两条名字完全相反却距离相近的河流，这位太守情动于中，于是援笔成诗，表明自己的心志：且喝修仁之水，不舀阶邪之流。“修仁”是水名，亦含有“修行仁义”之义；“阶邪”亦为水名，亦含有“邪乱”之义。因此，作者所谈及的不仅仅是饮水，更是他为人处世“修仁去邪”的准则。此外，以地名表心志的做法，早在孔子便已有之。“孔子至于胜母，暮矣而不宿；过于盗泉，渴矣而不饮。恶其名也。”（《尸子》）孔子不饮盗泉，范云不饮阶邪，由此我们足以见得高洁者的跨时代共鸣、清正节操的赓续传承。

范云的生命就是“修仁”“清廉”的最好诠释。担任零陵内史时，他廉洁治郡，“省烦苛，去游费，百姓安之”；出任始兴内史时，用恩德感化盗贼和草菅人命的豪猾大姓，全郡肃然一清，“郡中称为神明”；梁武帝即位后，他说“亦愿陛下日慎一日”，即日升官，此后“超居佐命，尽诚翊亮，知无不为”；迁侍中后，他和王茂以刘邦为例劝谏因色误政的梁武帝“袭昏乱之踪，以女德为累”。他在五十三岁时去世，梁武帝为之痛哭流涕，其诏书有言：“器范贞正，思怀经远，爰初立志，素履有闻。脱巾来仕，清绩仍著。燮务登朝，具瞻惟允。”这封诏书，是对他人格的高度肯定，

始兴山水

亦是他为官多年始终坚守“且饮修仁水，不挹阶邪流”的最好证明。

范云虽是河南人，却与岭南有着密不可分的联系。建武三年（496），他担任始兴内史；永元元年（499），他成为广州刺史。他在岭南为官三年有余，不仅将永明诗风带到岭南，推动着当地文化的发展，亦用“仁”“廉”滋养这片土地，润物无声。

## 寻迹访古

### 浈江

浈江，是珠江水系北江上游的主要干流之一，古称保水、始兴大江，俗称东河、东江，北起江西省信丰县石溪湾，南至广东省韶关市沙洲尾以上河段。清代以前，浈江无比深广，是优良的水运航道，尤其在唐朝凿通梅关古道后，浈江成为连接珠江流域与长江流域的重要通道。

# 洗耳泉

明·李孙宸

我闻唐虞代，乃有巢与由。
逃荣若避垢，洗耳谢九州。
罗山多飞瀑，鸣玉漱清幽。
岩石俨异搆[1]，眷言隐士邱。
坐听尘嚣尽，岂必濯其流。
我来景高风，咫尺不可求。
因思咏沧浪，清浊各自酬。

字词释义：

①搆：即“构”，构造。

## 廉诗味道

相传尧帝时有两位著名的隐士，一为许由，二为巢父。许由断然拒绝了尧帝的禅让并逃至箕山下躬耕而食，当尧帝让他做九州长官时，他又跑到颍水边洗耳，表示不愿听闻此类言论，这便是著名的“许由洗耳”。巢父是与他同时期的隐士，也因不愿接受帝位而隐居山林，以放牧为生。面对许由洗耳，他讽其故作清高，提出“子若处高岸深谷，谁能见之”，并将牛牵至许由洗耳处的上游。因此，后世常将许由、巢父并称，代指清高隐士。

这首《洗耳泉》便承此而来。该诗前四句聚焦于“洗耳”，概述了巢父、许由的事迹。之后六句便将目光转向“泉”，首先描述了该泉周边的环境：罗浮山上飞瀑众多，声如鸣玉、水流清幽；岩石构造奇特，令人眷恋，欲于此隐居。紧接着描述诗人的状态：不必非要亲自入水洗涤，坐听泉声已觉尘嚣皆寂。末四句卒章显志：“我来景仰巢由的高尚风度，却感到即使离他们再近，我也难以真正

罗浮山风光

活成他们那样。于是我想到渔父的沧浪歌，在世道中立足，清浊总有相应的回报。”在楚辞《渔父》中，渔父留下的歌谣千古流传：“沧浪之水清兮，可以濯吾缨；沧浪之水浊兮，可以濯吾足。”隐居深山不是一件容易的事，它受到太多现实因素的羁绊。于是诗人只能立志在污浊官场中坚守本心，清浊自分明。

“我来景高风，咫尺不可求。”诗人所景仰的“高风”，或许不仅是巢父、许由，还有让这口泉成为“洗耳泉”的人。比李孙宸稍早一些的明代文人叶春及，素有清廉守正之名。擢升宾州知州后，叶春及因疾病缠身、厌恶官场污浊，上书乞求辞官回乡，同时又遭妒忌者弹劾，被削籍为民。回到家乡后，他在罗浮山开辟石洞居住，在溪边岩石上写下了“洗耳泉”三字表明自己坚守清正的决心。而此前他为官时，便有许多打击贪腐、造福百姓的举措。任福清教谕时，他将别人进献的贽礼悉数充公，并将水利、地理、历算、兵法等知识传授与当地学生；擢任惠安县令后，他“采风谣，询疾苦，清宿弊，均徭役，革羡余，毁淫祠”，并修水利、减租税，让“邑兵役后大困”的惠安县呈现出官清民治的繁荣风貌。他写下“洗耳泉”时，恰值千帆过尽后。苍劲有力的行楷，沉稳地诉说着他的坚守。

来自香山县（辖今中山、珠海等地）的诗人李孙宸亲临罗浮山瞻仰此胜迹，写下了这首诗。生活在黑暗腐朽的时代，他深知高风“咫尺不可求”，却始终保持着出淤泥而不染的姿态。崇祯二年（1629）皇太极出兵直指北京时，许多官员准备出逃，而他捐尽俸禄家财以充军资，并向皇帝上疏进献方略，忠义感人。他逝世时官至南京礼部尚书，遗物却仅有一古炉、一香袋、图书几箱、衣物数件。李孙宸一生清廉，在“景高风”的过程中成了“高风”。当后人提起“洗耳”时，这个词背后不仅仅站着许由与巢父，还投下了很多清廉之士的身影，比如叶春及，比如李孙宸。

### 寻迹访古

## “洗耳泉”摩崖石刻

罗浮山“洗耳泉”摩崖石刻，为罗浮山摩崖石刻之一，位于惠州市博罗县罗浮山西华道院前的一条溪水边，石头上刻有行楷大字“洗耳泉”，为名臣湛若水的学生叶春及所刻。叶春及为惠州晚清名士，罢官还乡后隐居于罗浮山，并在溪边刻下这三个字表明心志，吸引了众多文人墨客前去观赏。李孙宸诗中的洗耳泉亦与此有关。

# 廉泉

明 · 陈龙

寒泉清见底，浑不染尘埃。
廉是当时号，源从何处来。
天光相照映，云影共徘徊。
饮此襟怀洁，何辞酌满杯。

## 廉诗味道

在广州石门曾有一口“贪泉”，相传喝了它的人便会变贪，著名的清官吴隐之曾写下《酌贪泉》以表廉洁之心。与“贪泉”相对，在东莞地区有一口“廉泉”，据说喝了它的人就会变廉洁。东莞举人陈龙写下的这首诗将廉泉的物理特质与精神内核展现得淋漓尽致。

这首诗首联点题，点出了廉泉之特色：清可见底、不染尘埃。基于此，颔联由物及人，道出“清”背后的内涵——“廉”。廉洁是当时社会的追求与号召，但鉴于当时动荡黑暗的官场状况，诗人又只能无奈发问：“廉的源头在哪儿呢？”颈联宕开一笔，转入环境描写：天光与泉水相互辉映，云影在粼粼的波光中悠悠徘徊，意境清澈而淡雅、宁静而深远。在这样的景致中，诗人仿佛对前面的疑问有了回答：饮了廉泉中的水便能有高洁的襟怀，那么就将斟满的泉饮尽吧！诗中的“寒泉”或许是诗人路过廉泉时的眼前所见，却又不仅仅是那一口特定的泉水。它被赋予了更为深远的意义，成了清廉的象征。无论是否亲自来到廉泉之前，只要决心守廉，任何泉都能是廉泉。因此，“廉”的源头，或许是坚守高洁的廉心。

诗人在诗中叩问了廉洁之“源”，而他所未提及的廉泉之“源”，同样意义不凡。绍熙年间，张勋曾任东莞县令，《东莞县志》评其“诚心爱民”。张勋在知晓黄旗山有一条溪水名为“濂溪”后，决意前去探访。途中，他见到一条清澈的山泉汇入一口小潭，饮之甘甜沁凉，心中大快，回府后便下令于此修井筑亭，并仿照周敦颐称此山泉为“廉泉”。此后，每有东莞县令上任，都要来此饮廉泉以示心志。在这种廉文化的熏陶下，东莞出现了许多一心为民的好官。

本诗作者陈龙是东莞人，也是受廉泉滋养的本土官吏。他的生平已不可考，但仍有几首诗可供后人看到他的部分经历。“身世百年同逆旅，功名两字等浮沤。史臣异日书高洁，东汉严光是匹俦。”

位于东莞市黄旗山城市公园的廉泉亭

（《挽戴南湾》）该作虽是挽友之诗，却反映出诗人的襟怀与志向。在他眼中，人生如逆旅，功名利禄皆为浮云。他以东汉隐士严光为高洁之范本，在他眼中，唯有高洁才能不朽。也正因此，吟诵高洁的《廉泉》，没有被湮没在历史尘埃里，至今仍向世人展示着廉泉的清净、廉心的晶莹。

◆ 寻迹访古 ◆

## 东莞廉泉

东莞廉泉，是明代东莞八大景之首，位于黄旗山内（亦有说法认为位于大岭山内），泉旁还曾有一廉泉亭，现已踪迹难寻。该泉为岭南地区著名的泉水之一，与广州的石门贪泉相对，相传饮之可使人廉洁，因此东莞县令上任时常来此地饮泉，以示清廉之志。如今虽已找不到旧迹，但廉泉的故事依旧代代相传。现在黄旗山城市公园内建有廉泉亭。

# 寄题韩祠二首（其一）

明末清初·谢元汴

驱鳄文章泷吏诗[①]，闻风廉立亦吾师。
千年封事争传诵，一札留衣[②]尚费疑。
未必非同文畅意，安能不作区泓[③]思。
阳山字子潮山姓，五岭声名草木知。

字词释义：

①驱鳄文章、泷吏诗：韩愈贬粤期间曾作《祭鳄鱼文》《泷吏》等诗文。

②留衣：韩愈在潮州时与僧人大颠交好，临别前将官服赠予大颠留作纪念，大颠为此建留衣亭记录二人的交往事迹。

③文畅、区泓：文畅，唐时僧人，每次出行前都会找文人为他写文章，韩愈曾为其作《送浮屠文畅师序》《送文畅师北游》。区泓，或指区弘，韩愈在阳山时，区弘慕名远道前来拜师并长期陪伴他。韩愈有《送区弘南归》一诗。

## 廉诗味道

明末诗人谢元汴是潮州府蓬洲（位于今汕头市金平区）人，在拜访潮州韩文公祠时写下了这首诗。韩愈曾在广东阳山和潮州任职，以廉政爱民之作风滋润了南粤的土壤。生于潮州大地的诗人，亦在他的余风中茁壮成长。

这首诗极其精练地总结了韩愈两次赴广东任职的成就。首联聚焦于韩愈所作的诗文，《祭鳄鱼文》与《泷吏》均为他书写贪腐无度、昏庸无为者之名篇。除了这些载道诗文，他的清廉事迹也成了

韩文公祠

诗人学习的榜样。颔联承首联而下，概括了韩愈较有代表性的两件事，其一是冒着触怒皇帝的风险直言上谏，其二是将自己的官服留给僧人好友大颠。颈联笔锋一转，表达了作者对韩愈的仰慕：他不需要像文畅那样让韩愈为他亲笔写文章，却不能不渴望像区弘那样成为韩愈的学生，陪伴在韩愈的身边。尾联诗境变得开阔宏大，将目光置于岭南地区，先言阳山、潮州连地名都受到韩愈影响，再用夸张的手法极言韩愈在五岭的名气之大。整首诗起承转合连贯自然，感情丰沛深挚，足见韩愈在诗人心中形象之高大。

“阳山字子潮山姓”，并不是一句空话。韩愈在潮州时做了许多实事，他走后，潮州人民将对韩愈的感激融入山水之中，韩山、韩江、昌黎路等地名均因此而来。虽然韩愈是被贬至潮州的，但他并不消极懈怠，而是通过造福百姓发挥自己的价值。刚到潮州时，韩愈就听闻恶溪鳄鱼成灾，于是组织百姓驱鳄，在一个月内解决了这场鳄灾。他的上司孔戣担心韩愈俸禄不足，“特加优礼，以州小俸薄，虑有阙乏，每月别给钱五十千”，而韩愈却以家眷未至、州府贫穷以及此举“非廉者所为”为由拒绝了。在潮州任上，他还重教兴学、发展农桑、兴修水利等等，使潮州百姓的生活有了很大的改善。而此次被贬潮州并非他第一次来到岭南。贞元十九年（803）底，他被贬为阳山县令，次年春便抵达广东就职。任阳山令时，他也努力移风易俗，使落后山区焕然一新，由“户不闻诗书”转变为“入耳有弦歌”之文雅景象。

赵朴初先生曾言：“不虚南谪八千里，赢得江山都姓韩。”韩愈虽然只在广东待了不到两年，其中在潮州只停留了短短八个月，却在这片土地留下了深远的影响。

## 寻迹访古

### 韩文公祠

韩文公祠，位于广东省潮州市笔架山麓，是第六批全国重点文物保护单位之一。该祠始建于北宋咸平二年（999），为现存最早的纪念韩愈的祠堂。该祠依韩山而建，面临韩江，主体建筑分前后二进，融合了广式、潮式的建筑风格，装修精美。祠内有三十六块历代碑文，年代最早者为苏轼所作《潮州韩文公庙碑》。相传韩愈当年所植橡木亦在祠前，“韩祠橡木”是著名的“潮州八景”之一。

# 叁

## 言正行廉

# 陋室铭

唐·刘禹锡

山不在高，有仙则名。水不在深，有龙则灵。斯是陋室，惟吾德馨。苔痕上阶绿，草色入帘青。谈笑有鸿儒，往来无白丁。可以调素琴，阅金经。无丝竹之乱耳，无案牍之劳形。南阳诸葛庐[1]，西蜀子云亭[2]。孔子云：何陋之有[3]？

## 字词释义：

①子云亭：扬雄在西蜀时住的屋舍。扬雄，字子云，西汉文学家、思想家。

②何陋之有：出自《论语·子罕》：“子欲居九夷。或曰：‘陋，如之何？’子曰：‘君子居之，何陋之有？’”

## 廉诗味道

唐朝永贞革新失败后，刘禹锡作为革新集团的核心人物之一被一贬再贬，于长庆四年（824）调任和州（今马鞍山市和县）刺史。和州知县对被贬的刘禹锡百般刁难，半年时间强迫他搬三次家，且这三处居所一处比一处简陋，最后的房屋仅仅能容下一床、一桌、一椅。在这样的条件下，刘禹锡慨然提笔，写下这篇传颂千古的《陋室铭》。

这篇铭文的核心在于“斯是陋室，惟吾德馨”。房屋一如山水，简陋与否不依其表象而定，“吾德”才是决定居所是否“陋”的根本。在作者的心里，这间房屋不但不“陋”，还具有诸多优点：这里景色优美，生机盎然，来往的都是高雅的博学之人，没有杂乱的音乐和繁碎的公事，有的只

连州刘禹锡纪念馆

是不加装饰的琴和令人心静的佛经。至此，作者又想到诸葛亮和扬雄的房屋，物质条件同样匮乏，却因其主人而不显其陋。“何陋之有？”一句反问收束全文，短短的文章余韵悠长。

纵使人生的大半都在贬谪中度过，刘禹锡也没有消极厌世，而是以昂扬的精神投入现实中，尽最大的努力造福一方。永贞革新失败后，刘禹锡被贬朗州（位于今常德市）十年。彼时他身居闲职，便以诗文揭示社会的黑暗。元和十年（815），回京不到一年的刘禹锡再度被贬，谪任连州（今连州市）刺史。赴任伊始，他全面考察连州的地理气候、风土人情，写作《连州刺史厅壁记》，不仅详尽介绍了连州的自然与人文情况，还立下为政箴言“功利存乎人民”。在任期间，他为百姓做了许多实事。瘟疫流行时，他立即向薛景、柳宗元等求援，寻觅药方并制药发与百姓。此后，他还将自己积累多年的药方结集成为“廉（价廉）”“验（有效）”“便（方便）”的医书《传信方》，改变百姓以巫术治病之陋习。同时，他重视教化，亲自执教讲学，使连州文风大振，为连州后来的“科第甲通省”奠定了基础。在他的治理下，连州万象更新，呈现出一派欣欣向荣之景象。

“斯是陋室，惟吾德馨。”刘禹锡从未辜负

"德馨"二字，晚年亦然。任苏州刺史时曾遇到大水灾，花甲之年的他亲自察访灾情并向朝廷请求救济，使百姓安然度过灾年。他向百姓倾注了太多的爱与关怀，因而个人得失便显得不那么重要，真正做到了分文不取、一心为民。

### 寻迹访古

## 刘禹锡纪念馆

刘禹锡纪念馆，位于清远市连州市连州中学的燕喜文化园内。刘禹锡曾谪迁连州刺史，为连州的发展作出了巨大贡献。为纪念刘禹锡，人们在燕喜文化园的正中修建纪念馆。该馆围绕刘禹锡"功利存乎人民"的从政观，通过国画、雕塑、声光电等多元形式展现刘禹锡在连州的政绩，并介绍连州本土清官，回顾连州城的发展。该馆于2011年落成，2014年被省纪委列为"广东省反腐倡廉教育基地"。

# 书端州郡斋[1]壁

宋 · 包拯

清心为治本，直道是身谋。
秀干[2]终成栋，精钢不作钩。
仓充鼠雀喜，草尽兔狐愁。
史册有遗训，毋贻[3]来者羞。

字词释义：

①郡斋：郡守的起居之处。

②秀干：茂盛的树干。

③贻：留给。

## 廉诗味道

北宋康定元年（1040），包拯任端州（今肇庆市）知州。彼时端州地方官常趁进贡端砚之机向砚工额外索取大量金钱，民众苦不堪言。包拯到任后严整该乱象，不仅作出严格规定，还以身作则，自己“不持一砚”。经此一事，诗人感受良多，故有此作，以述己怀。

该诗开篇明义，首联即点明自己的处世原则：以清廉无私为治民之本，以正直之道为立足的方式。颔联开始引入意象，茂盛的树木将成为房屋的栋梁，精良的钢材不会成为弯折的钩子。在此，树木和钢材都是人的化身。颈联则承颔联而下，紧接着写鼠雀、兔狐们在粮仓丰盈时喜，在贮存匮乏时悲。小人亦如此，眼中只有物质而毫无大志与操守。尾联则对这种小人作出劝诫：类似事情在史册里有诸多教训，请不要做出令后人羞愧之事。这首

肇庆包公祠

五律虽简短，却清晰有力、掷地有声。在这首诗诞生的语境下，它或许确有所指：那些借端砚贪污的官员就如诗中的鼠雀兔狐，心中只有一己私利。回归到诗歌文本本身，它是对所有人的告诫："清心""直道"从来不是少数人的固守，而应是所有人的坚持。

包拯为世人留下的谆谆教诲，远不止这短短的四十字。在庐州求学时，他断然拒绝富人的宴席，原因竟是担心以后若来此为官，面对该富人将难以秉公执法。任监察御史时，张尧佐仗着国丈的身份一路受提拔且经常肆意妄为，宋仁宗却因爱妃之故一意孤行，袒护国丈。包拯为此接连上奏，以超乎常人的勇气和执着与宋仁宗争辩，留下"六弹国丈张尧佐"的佳话。任庐州知州一职时，包拯当堂杖责倚仗他的权势而侵占他人财物的堂舅，毫不徇私。此外，他从不因地位的变化而改变简朴的生活作风。《宋史》记载："（包拯）虽贵，衣服、器用、饮食如布衣时。"他的眼中没有自身的物质利益，他的人生就是"清心""直道"的最佳范本。

广东端州府是包拯成名的地方，他曾在这里留下了太多动人的故事。无论是为解决疾疫而率众开凿包公井，还是引入北方菜种并亲教民众改良耕作工具，无论是在富民坊设营巡逻维持治安，还是兴建丰济仓储粮备荒，他始终把民生放在自己的心上，尽最大努力造福一方。今天，如若走入肇庆城中，我们依旧可寻觅到包公的旧迹，包公井、丰济仓、富民坊、七星岩题字、砚渚清风等无不彰示着他的存在。当人们经过这些旧迹，谈起他的故事，他便从未离开。

## 寻迹访古

### 肇庆包公井

肇庆包公井为宋代名臣包拯任端州知州时带领民众开凿的水井，初有七口，如今仅剩两口，分别位于龙顶岗西麓和肇庆城区的米仓巷内，其中龙顶岗井被称为“大井头”，至今仍可饮用。当时居民长期饮用不干净的水导致疾病频发，因此包拯发动群众在城区挖下这七口井，解决居民的饮水问题。2002年，“大井头”被公布为广东省文物保护单位。2010年12月，米仓巷之井被列入肇庆市文物保护单位。

# 寄题广州田谏议颐堂

宋·余靖

退食公堂暇，应无俗虑侵。
帘开双燕外，吏散百花阴。
海域逍遥境，荣途淡泊心。
政成先养正，惠爱及民深。

## 廉诗味道

宋仁宗嘉祐六年（1061），余靖以尚书左丞知广州，兼任广南东路经略安抚使、市舶使等，执掌全路财政、军事、外贸等各项大权。赴任后，他在广州写下了这首五律，既是表达对前辈清官田谏议之景仰，亦在表明自己的心志。

与许多言志诗不同，这首诗开篇便设定了一个场景。诗人想象田谏议在公务之余的状态——应该不会再有世俗的烦恼来侵扰他了吧。公事结束后拉开帷帘，一双燕子飞出屋外；官吏们散去后，百花的浓荫静谧安宁。他好像能在一片广阔海域中逍遥畅游，因为他在荣华之路上足够淡泊。尾联直言成功的政治必须先培养正直的心，恩惠与关爱要深深地遍及百姓。这首诗是他对田谏议的赞颂，更是他回望自己六十余载人生的感慨。他写下这首诗时已年过花甲，他笔下“退食公堂暇”的那位清官，与其说是想象中的、素未谋面的田谏议，不如说是他有意无意间流露的自我，安然而从容。

余靖是韶州曲江（今韶关市曲江区）人，北宋庆历年间“四大名谏”之一。他不仅不畏权贵、敢于进谏，还将清廉之原则贯穿于四十一年的为官生涯中，岭南地区亦深受其润泽。嘉祐六年，余靖任

为纪念余靖而建的风采楼

职广州，正值广州动荡不安、民不聊生之时，余靖向朝廷上奏了许多关于减免百姓赋税徭役的奏章并获得批准，大大减轻了百姓的生活压力。同时，他大力惩治贪赃枉法之徒，官场风气肃然一清。至端州（今肇庆市）等地视察时，他断然拒绝当地官员赠予他的名贵特产。在广州任上，他的职权范围甚广，却从来不取一物，连朝廷因功赐予的奖赏都悉数封存于军资库中，自己的生活始终简朴。因此，朱熹赞他“不载南海一物”。每逢上任、卸任，他都轻车简从，明确拒绝一切馈赠。从政期间，他撰写《从政六箴》，总结出“清、公、勤、明、和、慎”六字箴言，不仅是自己为官的准则，更为后来者提供了为政为人之标杆。“荣途淡泊心”的是他，“政成先养正，惠爱及民深”的亦是他。他从来无愧于家国，更无愧于自己的心。

由于余靖和张九龄同出于广东韶关，又同是以直言敢谏、两袖清风流芳的一代名臣，故人们常将二者并称：“岭南人物，首称唐张文献公、宋余襄公。”（丘浚《武溪集序》）张九龄之风度，余靖之风采，汇成清风拂过岁岁年年。从历史到当下，风从未停。

◆ 寻迹访古 ◆

## 风采楼

风采楼，位于广东省韶关市浈江区风采路，为明代弘治十年（1497）韶州知府钱镛为纪念韶关籍的北宋名臣余靖而建，“风采”二字即源于宋襄赞美余靖的诗句“更加风采动朝端”，“风采楼”三字的题额为明代书法家陈白沙的存世珍品。该楼高约22米，是韶关市的标志性建筑，亦是市级文物保护单位。三楼设有余靖生平事迹相关展览，为广东省人文社会科学普及示范基地。

# 南行感怀（其十二）

明·区大相

驿小欺凌易，民贫供亿难。
虽疲邮宰[①]力，犹失上官欢。
鼓吹连樯[②]动，闾阎[③]疾首看。
传言来往使：慎勿念加餐。

字词释义：

①邮宰：驿站的小官。

②连樯：形容船只连绵而至。樯，船上的桅杆。

③闾阎：原指里巷的门，此处代指居民。

## 廉诗味道

万历三十三年（1605），广东高明（今佛山市高明区）诗人区大相从京城回广东，途中写下《南行感怀》四十首，深刻反映了当时宦官专权、经济崩溃、贪污腐败等一系列社会问题，这首诗便是其中之一。该诗首联揭示了官吏欺压百姓而百姓温饱难继的社会现实；颔联则表明艰难的不仅仅是百姓，还有那些精疲力竭却始终无法让上官满意的底层官吏；颈联描绘了富豪权贵们在接连而至的船上奏乐享乐的喧腾场面，而里巷的平民百姓却只能在一旁痛恨地看着；尾联是对前三联中残暴奢靡之官吏的告诫：不要老是想着大吃大喝。这八句诗真实而深刻地反映出当时百姓艰难的生活状况。

后人常以万历为明朝最高峰，尤其是神宗在位前十年，有“万历中兴”之称。然而在中兴的表象之下，是日益深重的积弊。“万历三大征”和数次小战役不可避免地造成百姓流离失所，加上水旱灾害频发，明朝的国力由盛转衰。区大相诗中的桩桩件件，都能在历史中找到影子。据统计，在可考的史料中，明朝灾荒食人现象至少出现了1279次，如万历三十一年（1603）山东鱼台县“黄河暴冲，大饥，人相食”，万历三十三年安徽蒙城县“大疫，人相食”等。此外，还有诸多百姓因饥食草、食石的记载。因此，“民贫供亿难”不是夸张，而是写实。而在如此艰难的民生之上，是贿赂成风、贪腐盛行的官场，“清白之吏不概见于天下也”，万历皇帝自身亦荒淫无度，曾将地方官员进贡钱财的多少作为考核官员政绩的标准，进一步滋养了官场的贪腐之气。万历二十四年（1596），明神宗设立矿监税使，许多宦官在全国各地敲诈勒索，横征暴敛，百姓苦不堪言。“驿小欺凌易”“虽疲邮宰力，犹失上官欢”“鼓吹连樯动”悉数建立在百姓的血汗之上，最终作者只能发出愤懑、悲痛的控诉与劝说：“慎念勿加餐。”

区大相虽是朝廷官员，但在如此风气下始终刚直，不愿攀附权贵，不愿与其他官宦同流合污，故其亦是“失上官欢”者，仕途并不显达。他称病还乡后，常将其薪俸用于周济亲友，试图改变“民贫供亿难”的局面。此外，他只能以诗文为武器，抨击贪腐无度的官场，呐喊出底层百姓的疾苦。这首诗所代表的，是坚守原则的官员对清正官场的渴求，是失声的百姓对清廉世道的呼唤。

## 寻迹访古

### 高明灵龟塔

高明灵龟塔，位于广东省佛山市高明区，坐落于灵龟园内的龟峰山上。万历二十九年（1601），为祈愿风调雨顺，感谢神龟对当地百姓的庇佑并为西江航船提供航标，明朝进士区大相、区大伦兄弟带头捐资兴建灵龟塔，塔为七层，平面八角形结

区大相与兄弟捐资兴建的灵龟塔

构，并以琉璃瓦装饰檐口。三百多年间，灵龟塔数次遭到毁坏，于1984年重修。1989年，该塔被列为广东省重点文物保护单位。

# 赴戍登程口占示家人（其二）

清·林则徐

力微任重久神疲，再竭衰庸[1]定不支。
苟利国家生死以[2]，岂因祸福避趋之？
谪居正是君恩厚，养拙刚于戍卒宜。
戏与山妻谈故事，试吟断送老头皮[3]。

字词释义：

①衰庸：衰老而无能。

②生死以：出自《左传·昭公四年》：“苟利社稷，死生以之。”以，做、从事。

③“戏与”二句：用了苏轼《书杨朴事》的典故。作者自注：“宋真宗闻隐者杨朴能诗，召对问：‘此来有人作诗送卿否？’对曰：‘臣妻有诗云：“……今日捉将官里去，此回断送老头皮。”’上大笑，放归。东坡赴诏狱，妻子皆哭。坡顾谓曰：‘子不能如杨处士妻作诗送我乎？’妻失笑，坡乃出。”

## 廉诗味道

“苟利国家生死以，岂因祸福避趋之？”诗人写出这句诗时，刚结束抗英禁烟不久，他因禁烟而被诬陷并将远戍伊犁。处在逆境中依旧有此豪言，足可见其襟怀。而这首诗中所蕴含的情又远远不止于此：它是充满家国大义的，亦是悲怆而温情的。

首联是作者的自我袒露：我以微薄之力担当重任早已精神疲惫，如若让我再挑大任，我平庸的资质一定无法支撑。这是一句自谦，淡淡的哀愁之下涌动着爱国的烈焰。这烈焰在颔联喷涌而出：只要

林则徐塑像

是有利于国家的事，就算是付出生命我也要去做，怎能因顾虑祸福而躲开呢？而颈联回到自己当下被贬谪的处境，似在心平气和地告诉君主他的决定恰当而妥帖，却又更像是一句自我劝慰。尾联则讲述了与妻子告别的场景，诗人以玩笑的口吻让妻子吟诵杨朴妻之诗为他送行。全诗豪迈而顿挫，首联是哀哀的低吟，颔联是无畏的呐喊，颈联是看似平和的宽慰，尾联是面对艰险前路时故作轻松的温情与怆然。

在“岂因祸福避趋之”这响彻天地的雄浑叩问之下，是一颗一清如水的心。嘉庆二十五年（1820），林则徐刚到江南监察御史任上即有人献花，花盆底部藏着包有金老鼠的红包。他立即将此上缴国库并将送礼者撤职查办，以正官风。任陕甘总督时，他曾写作《析产阄书》，其中谈到自己这三十年为官“产微息薄，非俭难敷，各须慎守儒风，省啬用度”，并告诫家人“当念韩文公所云‘辛勤有此，无迷厥初’之语”。“子孙若如我，留钱做什么？贤而多财则损其志。子孙不如我，留钱做什么？愚而多财益增其过。”在林氏宗祠里，林则徐留下了这样一副对联。他的清廉，绝不仅仅是一时一地的坚守，而是跨越时空的绵延。

道光十八年（1838），林则徐以钦差大臣的身份赴广州查禁鸦片，在此亦留下了不朽的清廉之名。赴任途中，他拟就“五不准”原则：不准大办酒席、不准馈赠任何礼品、不准惊动百姓、不准送钱给随行人员、不准安排华丽的住房。在任期间，英国代表义律送他白金钻石烟具，他随即让义律把烟具带回英国。身为钦差大臣，他廉洁奉公，连英国人都赞道“林钦差的手没有被贿赂玷污过”。关于林则徐，虎门销烟的故事早已传彻华夏大地，“苟利国家生死以”的呐喊早已回荡于苍茫天地间，而他那晶莹透亮的心，悄悄地化成了皎洁的月光，为茫茫黑夜镀上柔和的光。

### 寻迹访古

## 林则徐销烟池与虎门炮台旧址

林则徐销烟池与虎门炮台旧址位于广东省东莞市虎门镇解放路113号，由虎门炮台、靖远炮台、林则徐销烟池等组成，是中国近代史上的重要遗址。1839年，林则徐于此修建销烟池，并销毁鸦片237万余斤。虎门炮台则是鸦片战争时期的重要防御工事，也是关天培等爱国将领抗击英军入侵的地点。1982年，该旧址被列入第二批全国重点文物保护单位。

# 肆

# 训廉示亲

# 送演侄三首（其一）

宋·李昴英

少年政[1]要识艰难，受国恩深早一官。
着力莫孤[2]先世望，从头细把四书看。
金兰益友真同志，菽水[3]慈亲曲尽欢。
学取老夫穷意思，免教人指夸纁纨[4]。

字词释义：

①政：同“正”，只，就。

②孤：辜负。

③菽水：在此表示晚辈对长辈的孝敬。出自《礼记·檀弓下》：“孔子曰：‘啜菽饮水，尽其欢，斯之谓孝。’”

④纁纨：纁，彩色的丝织品。纨，很细的丝织品。纁纨连用，指富贵人家子弟所穿戴的华丽服饰。

## 廉诗味道

该诗为南宋名臣李昴英赠侄之作。李昴英，广东番禺（今广州市）人，是广东第一位科举探花。

在与侄儿分别之际，他将勉励、关怀与祝福悉数写入诗中，恳切而有温度。

这首七律的四联分别从不同角度表达了对侄儿的冀望。首联告诫侄子年少之时就要早点知道世事艰难，并不是要出仕为官才算蒙受国恩深重。这显然与陆游“早岁那知世事艰”的思想相反。颔联告诫他不要辜负先辈的期望，应认真研读儒家经典。颈联将目光转向伦理，希望他既能珍视友情，也能在父母膝下菽水承欢、尽忠尽孝。尾联则希望侄儿可以像自己一样节俭，不要让人觉得他是富贵人家的纨绔子弟。概括而言，这首诗首联冀其心怀天下，颔联望其博学广识，颈联勉其重友孝亲，尾联愿其清廉如水。四联加在一起，则是无微不至的嘱托与关怀。

“学取老夫穷意思”，“穷”看似是一种自嘲，实是李昴英自我认同的底气。“穷意思”的背后，是从一而终的廉洁。宝庆二年（1226），李昴英成了广东籍的第一位探花，从此踏上仕途。此后，他一直疾恶如仇、一心为民，曾平定叛乱，亦曾多次上书直谏，在朝堂上留下了刚正清廉的美名。嘉熙三年（1239），李昴英被任命为直秘阁，任建宁宪仓提举，前往福建做官。由于他彼时已名声在外，当地贪官污吏纷纷“望风解印而去”。这一年，建宁遭遇严重的旱灾，李昴英带头捐赠自己的俸禄，有条不紊地开展赈灾工作，救济了大量百姓。在江西任上，有官员利用“坐仓”克减军卒月粮，李昴英便严令禁止官员收纳坐仓钱，告诫官员“爱物存心，临财毋苟得”。他在江西时进行了经济、民风、教育、刑律等方面的一系列改革，成效斐然，他离任后，百姓为纪念他而为其建立祠堂。宝祐二年（1254）李昴英回京赴任后依旧直言敢谏，次年为上书弹劾宦官而得不到受理的御史洪天锡打抱不平，无果，便与洪天锡一同辞官，决心归隐。在他眼里，乌纱帽代表的从来不是荣华富贵，而是沉甸甸的责任。当有一天这顶帽子再无法为天下人效力，他便会选择挂冠求去，再不愿踏入名利旋涡。

“庾岭梅花清似玉，一番香要一番寒。”淳祐六年（1246），李昴英因弹劾史嵩之一事被革职放归，返乡时，国子监学生为其饯行并写下这句诗。李昴英在《送演侄三首》中充满对侄儿的期望，如“大抵穷通皆定分，炎门邪径莫跻攀”“数马似愚宁过谨，悬鱼虽矫却真清”等诗句，字字句句均是他自身的写照，如玉，如梅。

大庾岭的梅花



## 寻迹访古

# 沙湾李忠简祠

沙湾李忠简祠，堂名久远堂，位于广州市番禺区沙湾东村青罗大街，为李氏族人为纪念南宋著名词人、政治家李昴英而建，始建于元末明初，并分别于隆庆四年（1570）、道光九年（1829）重修，现存主要建筑为头门，是东村装饰最精美、历史最悠久的宗祠。2008年12月，该祠堂被列入广州市第七批文物保护单位。

# 示儿（其二）

明·陈献章

门前宾客偶相投，忽忽浮生五十优[①]。
君贵我贫俱是分，敢将丘壑[②]傲王侯。

字词释义：

①优：多。

②丘壑：山野偏僻之地，指处于贫穷之境。

## 廉诗味道

明代大儒陈献章十分重视诗歌的教化作用，时常以诗为媒介向后辈传授为人处世之道，《示儿（其二）》便是其中之一。这首绝句初读平白如水，细品其味无穷，可谓“平淡而山高水深”。

“门前宾客偶相投，忽忽浮生五十优。”这位父亲对人生的态度显得通透——五十多年来多数时间闭门自守，宾朋往来并不多，只追求恬淡度日、不改其志。后两句则向他的孩子解释了这种心态背后的思考：人虽有贫富贵贱的分别，但评价的依据都是外物，人生要追求的是内在的充盈，纵使身处丘壑，亦可傲视王侯。他没有在诗中强硬地要求孩子“应当”“必须”如何，而是温和地传递着“君子固穷，不向外求”的人生态度，意味深长。

诗中的“丘壑”，是陈献章的生活剪影。在七十多岁的人生中，他曾数次身处庙堂亦数次归乡讲学。在朝为官时，他清廉正直，不屑于攀附权贵。成化二年（1466），他因一首《和杨龟山此日不再得诗》名扬京城，侍郎尹旻听闻其贤后欲让儿子拜于他门下，陈献章前后拒绝了六七次，彻底得罪了尹旻。两年后，陈献章参加科举时试卷被扔进水里，据推测此事与尹旻有关，至此陈献章再度归乡，再未出仕。他的清廉正直成了他人祸害他的武

江门市陈白沙纪念馆

器，他却能在如此境遇下淡然说出“忽忽浮生五十优”，足可见其襟怀洒落。远离官场时，他一心治学、讲学，并把清廉贯彻于生活的方方面面。他断然拒绝都御史命令番禺县送来的米，说自己“有田二顷，耕之足矣”，也委婉地拒绝了按察使送给他的园林豪宅。他不仅自己坚守清廉，还坚持传扬清廉之风。他以诗歌劝勉自己的孩子安贫守分，亦编写《戒色歌》《戒戏歌》等歌谣供学生诵读，希望他们能简朴勤勉。

江门钓台故址

作为岭南最负盛名的理学家、诗人，这位来自广州府新会县白沙里（今江门市蓬江区白沙街道）的白沙先生被誉为“岭南一人”。世人常常看到陈献章在书法、哲学等领域卓越的成就，而透过这些成就，有心之人自能见到他清廉而博爱的身影，如山巍然。

## 寻迹访古

### 钓台故址

钓台故址，位于广东省江门市堤中路与钓台路交接处，为明成化年间所建，于清乾隆三年（1738）、光绪十四年（1888）两度完成重建。成化十九年（1483），陈献章在京师领完翰林检讨后获允回到故乡江门，他便效仿东汉名士严子陵归隐垂钓，在其讲学之地旁的蓬江河边修建了钓鱼台，并于此钓鱼。1983年，钓台故址成为江门市第一批重点保护文物单位。

# 夜发指阳和道忆净儿因念家君及先太府君属情弟侄怆焉有怀四首（其三）

明 · 翁万达

宦族骄狂羞杀人，愁闻弟侄好肥轻。
岂思陵谷犹能改，况复箕裘[1]愧此生。
鬼瞰高明[2]应不爽[3]，人非刻苦竟何成。
作书万里遥相寄，涕泣叮咛冀尔听。

字词释义：

①箕裘：原指由易入难的学习方式，后多用来比喻祖先的事业。

②鬼瞰高明：指鬼神会窥望富贵之人（而后进行祸害）。

③爽：错。

## 廉诗味道

这首诗为“岭南第一名臣”翁万达所作。翁万达，潮州府蓬洲（位于今汕头市金平区）人，与陈北科、林大钦并称为“潮汕三杰”。嘉靖二十四年（1545）七月，翁万达跟随督府由朔州移驻阳和，出发前对生活奢华的弟侄放心不下，心中怆然，写下此诗，以劝勉其弟侄戒骄奢、效勤廉。

该诗首联即表明自己的写作缘由：士宦家族奢靡之风是很让人感到羞耻的，听闻弟弟和侄子等人对华衣美服的喜爱我顿生愁闷。颔联进一步表达自己的痛心：连丘陵和山谷都能变换，更何况是我们祖上留下的功业呢？想到此，诗人深觉愧对家门。颈联由责备转向劝诫，富贵并非益事，不刻苦终将

蓬洲所城遗址，翁氏族人自古聚居于蓬洲

一事无成。尾联交代了诗人的写作状态——泣涕涟涟而诚挚万分，希望能把千叮万嘱全都装进诗里寄往远方，希望弟侄能改变生活习惯，从此刻苦、勤勉、清廉。该诗虽为劝诫，却无居高临下的苛责，而是语重心长地道出谆谆教诲，足可见诗人为人之儒雅谦和。

翁万达对家风之清的重视由此可见一斑。而翁万达对清廉的追求，从来不是纸上谈兵。他用五十余年的生命实现了克绍箕裘，无愧此生。他不仅是当时首屈一指的边塞重臣，亦是以民为本的廉洁清官。中进士后，他被授为广西司主事，而后历任广西员外郎、山东司郎中。在这期间，他积极查办悬案，遏制权贵，救济灾民，查处了一系列偷税漏税行为，使当地豪强“毋敢挠其令”，留下“以廉洁著称”之美名。任梧州知府时，咸宁侯仇鸾放任部下欺压百姓，他便拘捕其间最残暴者并施以严罚。同时他还兴修水利、兴教办学，受到百姓的敬仰和爱戴，有“治行第一”之称。翁万达出身寒门，深知底层百姓之难，因而当他有机会做出一些改变时，他毫不犹豫地选择站在百姓一边，以最清廉的姿态爱抚着他的人民。他始终没有忘记他的出发地，因而在知晓家中子弟“好肥轻”后，才会如此痛心。“涕泣叮咛冀尔听”，面对着亲情和公义的矛盾，他心中的悲伤是难以言表的，千言万语汇成几句诗，与泪水一同寄与弟侄，痛哉，惜哉。

这位潮州出身的名臣被潮州府的百姓奉为神明，甚至在东南亚的潮人都将其神化，称他为“英勇大帝”，四处立庙祭祀。这世上哪有神明啊，只是爱与责任赋予了他太多能量！因为他爱廉、爱民、爱天下，于是他能守廉、安民、平天下。

## 寻迹访古

### 翁万达墓

翁万达墓位于广东省梅州市大埔县三河镇的凤翔山麓，是明代兵部尚书翁万达的安葬之处，为嘉靖三十一年（1552）翁万达同友人游武夷山途经三河时亲自选定。该墓地呈梯形，坐西向东，面积达2400平方米，由水泥灰沙构筑，庄严而肃穆。墓前立有石人、石马、石羊、石豹等精美石雕。该墓地于1957年被毁坏，1986年重修，1985年被列为大埔县文物保护单位。

# 训子

清·阮元

翡翠珊瑚列满盘，不教尔手亦相拈。
男儿立志初生日，乳饱饴甘[1]便要廉。

字词释义：

①乳饱饴甘：吃饱了奶，尝到了甜蜜的糖浆，指婴儿吃饱喝足。

## 廉诗味道

清嘉庆二十二年（1817）九月，阮元调任两广总督，此后在粤任职九年有余。在此期间，他的次子阮福生下一个男孩，其同僚纷纷携重礼前来祝贺。于是他借男孩抓周一事用红笺写下这首诗，希望初生的孩子能从小养成廉洁之心，立下守廉之志，纵使面前抓周的罗盘上陈列着满满当当的翡翠珊瑚，也不能拿取分毫。

这首《训子》充分展现了阮元清正的家风。阮元对后辈的教育，主要集中于“学”与“德”，他作了许多诗劝勉后辈奋发苦读。同时，他也格外注重对子弟的德教，以廉俭教子，望其修身固本、以俭养德。“西斋晚饭比山家，六月棉衣不用纱。七种自挑园内菜，一瓯同饮竹中茶。”这四句节选于某天晚饭后他在儿子阮福的书斋中写下的诗。这首诗中描述了许多廉俭作风，流露出阮元对这种生活方式的肯定与欣慰。他还有“茶隐避寿”之习，一生不愿为自己祝寿，他亦借此作诗教育儿子，诗中有言“怕汲斜水斜，戒酌贪泉贪”“诸孙与杯勺，

扬州市家风展示馆中的阮元半身像

可抵饴弄含。七碗吃不得，赊饮可及三”，以此勉励儿子戒贪向廉。其家训家风之廉可见一斑。

孟子有言：“身不行道，不行于妻子。”作为一代大儒，阮元在教导后辈的同时，更是严于律己，身体力行地贯彻廉之原则。嘉庆二十二年（1817）至道光六年（1826），他以两广总督的身份赴广州任职，并执掌数项大权。彼时的广州为全国唯一的对外通商口岸，鸦片贩子通过贿赂海关执法人员完成大量鸦片走私。阮元到任后，带头杜绝此事，并将此前海关人员所收贿赂悉数充公。在他的努力下，鸦片走私现象大大减少。嘉庆二十四年（1819），他上奏请求修筑桑园基围石堤，减轻了珠三角地区的水患灾害。次年，他又捐出自己的廉俸兴办学海堂。在粤期间，他巩固海防、兴教办学、兴修水利、严查贪腐，政绩十分突出。在他处任职时，他亦分文不取、一心为民。浙西水灾时，他组织赈灾，广设粥厂，并与灾民同食米粥，保证“颗粒皆归民腹，不使稍有侵蚀”。他虽位高权重，却始终勤俭朴素，不改清廉底色。

“六子三孙满庭爱日，一琴十鼓两袖清风。”在阮元家庙中挂着这样一副楹联，可谓是对其人生的高度概括。阮元一世，光明磊落，家庭美满足享天伦之乐，为政清廉无愧天地良心。道光皇帝盛赞其“极三朝之宠遇，为一代之完人”。

### 寻迹访古

## 学海堂书院

学海堂书院，位于广东省广州市越秀山麓，为清朝大儒阮元建立的书院。阮元时任两广总督，于嘉庆二十五年（1820）在广州城西文澜书院旧址开设学海堂，并于道光四年（1824）迁至越秀山麓。该书院以专重经史训诂为宗旨，设立学长制、季课制和刊刻制，由阮元亲自授课并为学生讲经析疑，是彼时广东文化学术之中心。光绪二十九年（1903），在“废科举，兴学校”的浪潮下，学海堂停办。

# 续辈诗

清·张之洞

仁厚遵家法，忠良报国恩。

通津[①]为世用，明道守如珍。

字词释义：

①通津：四通八达的渡口，喻显要的官职。

## 廉诗味道

清咸丰十年（1860），张之洞的第一个儿子出生了。趁着这喜庆美好的时光，他写下这首《续辈诗》，并以此为张家后辈二十代子孙的辈分排行。在这首诗中，他对后辈的期许被浓缩为二十字。他希望张家族人能够仁爱宽厚、严遵家法，忠诚贤良、不负国恩；显达时须有天下担当，亦要知晓道义并像守护珍宝一般守护它。这首诗的影响至今仍在延续，现在的南皮张姓有很多以此诗作为起名依据。仁厚、忠良、通津、明道，对应着治家、报国、立业、修身，可谓涵括了君子之道的方方面面。

这位晚清重臣祖辈四代为官均以清廉著称，他亦承袭了如此祖德，一生两袖清风。光绪十年（1884），张之洞任两广总督。在粤期间，他在生日之时闭门谢客，不愿接受同僚的寿礼；粤海关每月向总督送三千两公费银，而张之洞将这笔财款以专款存入善后局，后来将该款项用以修建书院、救济灾民等，自己则分文不取。通过他，两广地区“数年以来，贿赂之风渐息，各属员贪以败官者，较前略少”。在其他地区，同样有许多关于他的廉政故事代代流传。他“服官所到，从不收受属吏馈送礼物”，居官四十余年，“乡里未造房舍、置田产”，甚至他辞世后，“竟至囊橐萧然，无以为子孙后辈计”，连治丧费用都要靠门人、僚属赠送的赙仪才得以举办。“明道守如珍”，在他眼里，他所守的道义远比金钱权力珍贵太多。

张之洞对家风的重视，与其自身所受的家教息息相关。他对廉洁的坚守与俭约知礼的家风、“贫而力学”的家训息息相关，因此他也身体力行地将这样的家风传承发扬，《续辈诗》即他努力赓续家族传统的成果。他还在家书中提出对后辈的期许，希望孩子们不以“官二代”自居，而是“自视为贫民，为贱卒，苦身戮力，以此事于所学”，又在临终前留下遗言“兄弟不可争产，志须在报国，勤学立品；君子小人，要看得清楚，不可自居下流”。彼时他已病入膏肓，在看到儿子们将其遗言熟记成诵，方才安然逝去。他对后代的谆谆嘱托，同他的清风一道，不但贻厥子孙，而且传承久远。净化更为辽阔的人间。

晚清官场贪腐成风，而张之洞以其高风亮节之姿成为黑暗的社会中一盏温暖的灯。而他的坚守，又在其后人的坚守中长明不灭，在我们的记忆与书写中熠熠生辉。

广雅中学校园中矗立着张之洞塑像

## 广雅中学

广雅中学，位于广州市荔湾区西村街道辖区内，其前身是清代两广总督、洋务运动代表人物张之洞亲自选址筹建的广雅书院，于清光绪十三年（1887）筹建，并于次年六月正式落成。“广雅”，取“广者大也，雅者正也”之意，寓意培养学识广博、品行雅正之人才。广雅书院曾数次改名，1935年改称广东省立广雅中学，1978年定名为广东广雅中学并沿用至今。该书院占地广，是晚清时期重要的教育机构，现仅留存部分建筑及碑刻，被列为广东省文物保护单位、广东省第二批革命文物名录，是国内为数不多的仍在原址、沿用原名、保有原建筑的百年名校。